네가 시다

모시는 시인선 05

심규한 세 번째 시집

네가 시다

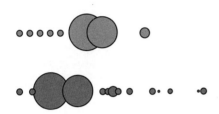

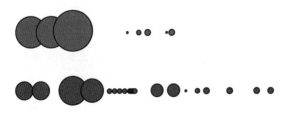

모시는사람들

서시

춥니
아니

이리와
우리 하나가 되자

이슬이 말했다

천성산에서 쓴 시들과 강진에서 쓴 시들을 묶었다.
산에 있을 때 사람들이 싫었지만 또 그리웠다.
이슬 때문이다.

차례

네가 시다

2

3

1

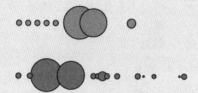

어찌할 수 없는 기도

살다 보니 어찌할 수 없는 것들이 많아진다
없는 돈에 궁색한 살림에
속절없이 겨울은 닥치고
부모님이 연로하셔도 모실 수 없고
내 머리는 이미 허옇게 새어 버렸다
그대가 눈물을 흘려도 닦아줄 수 없다
외로워도 기대어줄 수 없다
파렴치한 갑질이 횡행해도
거짓이 날뛰어도 눈 뜨고 바라본다
욕도 나오지 않는다
영영 멀어졌다 달라졌다
산골에서 차마 어찌할 수 없어
하늘 보고 들판 보고 한숨 쉰다
사방 세상
참으로 많은 사람들이 죽고
많은 생명들이 아파한다
두 손 모아 입술에 대고 기도한다
하늘로 들로 사랑을
따뜻한 온기 한 점이라도

따뜻한 생각 하나라도
가 닿을 수 있기를
돌처럼 나무처럼
기도란 참으로 오랜 옛날부터
손발 묶이고 차마 어찌할 수 없는 사람들이 걸었던
속절없는 길이라고 여기며
뜨거워지는 것이다

(2015.11.27.)

소라 속 게처럼 불 켠 밤

긴 긴 겨울밤
이제는 떠나온 곳
떠나온 사람들이
별빛처럼 멉니다

밤바다가
파도치면

울던 아이 외로운 아이
안을 수 없었던 아이가
파도에 출렁이고
가슴이 다시 뜨거워집니다

밤 건너 세상 저편
집이 있습니다

지붕 아래 등 아래
어른이 된 아이가
아비가 되고 어미가 되어

껴안고 잠들겠지요

소라 속 게처럼
불 켠 밤

(2016.2.8.)

가난하고 행복하게

여위어가는 이슬처럼
가난하게 살고 싶었습니다
어찌 다 알겠어요
돌이끼에도
영롱한 이슬이 내리는 것을
바람과 햇살을 사랑했습니다

추우면 입김 날려
훨훨 눈송이 부르고
더우면 입김 불어
솔솔 솔바람 부르고
춤추는 숲에 노래하고
미소하나 섞으면 되었습니다

생쥐처럼 멧새처럼
가난하게 살고 싶었습니다
왜 하필 가난이냐고요
말들의 성찬 대신
그저 막 한 밥 한 공기에 만족했습니다

텃밭 한 이랑엔
상추와 토마토를 심고
한 이랑엔 감자와 들깨를 심고
또 한 이랑엔 옥수수와 오이를 심고
댓돌 아래 채송화 꽃씨 뿌렸습니다
열리면 열리는 대로
가난하게 살고 싶었습니다

누가 알겠어요 이슬을
나비가 찾아와 조곤히 마시는 걸

(2016.6.18.)

필라멘트

나를 행복하게 하는 것은
몇만 볼트의 전류가 아니에요
내가 살아가도록 하는 전류는
세상 모든 것에 이미 흐르고 있으니까요
나를 보는 당신의 눈동자
생글거리는 웃음
들어보세요
풀잎을 스치는 바람의 노래
햇살과 엉기며 흐르는 시냇물
당신의 입술에도 손톱 밑에도
흐르는 온기
바위에 가득찬 침묵
씀바귀 꽃 한 잎은 몇 볼트의 기쁨일까요
눈부신 뭉게구름은 몇 볼트의 감동일까요
잠자리의 초록눈은 몇 볼트의 반짝임일까요
아니에요 아무 말 하지 말아요
비교하는 건 바보나 하는 짓이에요
그저 어둠 속에 깨어
서로에게 빛을 던져요

몇만 볼트인지 몰라요
온 세상에 넘치는 전류를 봐요

(2016.6.19.)

망고

갠지즈 강물은 하늘로 흐른다
사람들은 죽기 위해 바라나시에 온다
가트에 앉아 망고를 주무른다
망각처럼 달콤한 망고를 짜 먹고
구두칼 같은 씨의 털까지 갉아 먹는다
쭈그러진 망고가 할머니 젖가슴 같다
칠남매 낳은 할머니 속곳에
매단 쌈지 주머니 속 동전처럼
나는 할머니를 보채었다
젖 달라고 돈 달라고 보채면
할머니는 무엇이든 주었다 망고처럼

히말라야 너머 마고할머니는
세상의 가운데 산에 살았다
거기도 망고가 열렸을까
감이 열렸을 지 고욤이 열렸을 지 모른다
할머니는 세상의 자식들을 먹이고 길렀으니
여호와의 증인처럼 얼굴이 검고
하얗고 붉고 누르고 상관없이

말이 달라도 상관없이
괴팍하고 모질어도 상관없이
모두 젖을 먹였을 것이다

역사가 감처럼 익어
겨우내 항아리 속 지푸라기 사이
검고 쪼글쪼글 달아졌을 것이다
손가락으로 구멍이 퐁 나는 장두감을
나는 참 맛나게도 빨고 핥아댔다
먹감 같은 할머니가 그립다
갠지즈강이 감빛으로 흥건히 물들 때
나는 망고를 빤다 엄마가 그립다
할머니의 할머니들이 그립다
갠지즈 강물은 하늘로 흐른다

(2016.6.26.)

서명

젊은 날 가진 것 없는 나는
하늘에 서명을 하였다

중국의 한산이라는 중은
강물에 서명을 하였다

유대의 예수라는 청년은
땅바닥에 서명을 하였다

물론 하늘과 땅과 강물은
가질 수도 서명할 수도 없다

다만 기대어 살고
사랑하고 싶었다

(2016.8.20.)

달과 나

키가 너무 큰 나는 지구에 살고
키가 너무 작은 그녀는 달에 산다
달이 파랗다가 하얗다가 노랗다가
다시 붉어지면 비가 내린다 어둠처럼
달에도 눈이 올까
숲에 들어가 나는 도끼로 오두막을 짓는다
내 다람쥐는 우듬지에서 하얀 달 보길 좋아한다
새처럼 지저귀며 노래한다
그럼 달새들이 오색 별 가루 뿌리며 날아온다
지구가 일렁인다 환해진다
키가 너무 큰 나는 목과 허리와
팔다리를 구부리고 잔다
엄마는 나를 내려놓고 어디에 갔을까
코스모스 환한 둑길 자전거 타고
점방에 과자를 사러 갔을까
키가 너무 작은 그녀에게 나는 편지를 쓴다
다람쥐가 도토리를 너무 먹어 속상하다고
바다가 출렁거려 종종 멀미가 난다고
달 때문이라고 달 때문이라고

키가 너무 작은 그녀는 깔깔깔 웃는다
키가 너무 큰 나는 전봇대에 오른다
각도기로 달의 거리를 가늠한 뒤
글라이더를 만들기 시작한다
파란 달이 뜨면 고요한 바다로 날아가리라
깔깔깔 별들이 웃는다

(2016.9.27.)

세화장

이팝꽃 화사한 남도 세화장
여자들이 언니를 형님이라 불렀다
어느 핸가 큰물 지자 골짜기부터
아랫말까지 십리에 남아난 것이 없었다
집채만 한 바위들이 굴러다녔다
피서철이면 밀물처럼 관광차가 올라갔다
나는 찬 방에 쪼그리고 앉아
술꾼들의 밤샘 주정을 듣곤 했다
내원사 스님이 산새처럼 다녀간 날에는
제사떡이 걸려 있었다
억새 따라 다시 한 해가 지나고
나라는 연일 풍비박산이었다
꽃 진 자리마다 쓰라렸다
기다리던 이는 오지 않고
파란 하늘 땡삐가 날아갔다

(2016.10.15.)

밤에

겨울이 되어
창밖에는 어둠이 가득합니다
저는 귀머거리가 되어
이불을 말고 애벌레처럼
눈을 깜박입니다
지구는 시속 1,600 킬로미터로 돌고
110,000 킬로미터로 달린다는데
세상은 너무나 조용하고
저는 누웠습니다
밤의 징소리에
별이 냉이꽃처럼 피고
하늘엔 페가수스가 날고 헤라클레스는
방망이를 처대겠지요
쩌렁쩌렁
심장 소리가 들립니다
내일은 아침일 겁니다

(2017.1.7.)

그리운 도로시

창동국민학교 5학년
첫 가출을 하고 전파사 앞에서
아름다운 강산을 들으며 울었네
정의여고 후문 골목 대머리 아저씨의 헌책방에서
나는 강아지를 데려온 계집아이를 만났네
도로시!
아이는 캔사스를 찾아 간다고 했네
양철나뭇꾼은 마음을
허수아비는 지혜를
겁쟁이 사자는 용기를 찾아 간다고 했네
도로시 나는 사랑을 되찾고 싶어
오즈의 나라 노란 벽돌길을 따라
하굣길 누나들이 쏟아져 내려왔네
엄마의 옷수선 집엔 손님이 없고
잘 울고 삐지는 여자아이는 귀찮았네
도로시는 나처럼 주근깨가 많았네
뽑기를 하다 부러뜨리면 깔깔깔 웃었네
상의군인도 주정꾼도
서울 아들네 찾아왔다는 꿀장수 할머니도

넝마주이도 고물장수 삼촌도
깡패가 되겠다던 내 친구도 엄마도
노란 벽돌길 따라 손잡고
오즈의 나라로 갔네 라랄라
도로시와 함께 오즈를 찾아

(2017.1.9.)

역전 구둣방

역전 한 평 구둣방 앞
또각또각 바쁜 리듬이
저마다의 풍선을 쫓을 때
비오는 호수처럼 역전은 노래한다

입 벌린 구두들이 하품하며
순서를 기다리는 동안
전기난로 앞 강아지가 존다
귀먹은 구두수선공은 굽을 깎고 다듬고
고무를 오리고 본드를 바른다

1인치의 희망이 1밀리씩 닳아
피곤이 되고 절망이 되어 뒤뚱거린다
한숨을 내쉴 때
삶이 미끄러진다

구두를 고친 수선공이
손을 놓은 채
잠시 구두의 발성을 경청한다

세상 모든 구두는 노래한다
경쾌하게 경쾌하게 춤추고 싶다

(2017.2.4.)

한 사람

나의 소원은 한 사람이 되는 것
아침에 눈을 뜨며 하루를 감사하고
햇살과 나뭇잎에 인사하는 것
세상에 누가 되지 않도록
조용히 걷고 조금이라도 보탬이 되고
쓴 물건을 제자리에 놓아두는 것
문 앞에서는 먼지를 털고
낯선 이에게도 다정하게 대하는 것
될 수 있으면 예쁜 말 좋은 말을 하는 것
밥을 먹어도 맛있게 먹고
고생하고 희생하는 이들을 기억하는 것
가난한 이웃과 아픈 사람들을 위해 눈물 흘리고
외로운 아이의 편이 되어주는 것
외로운 벗에게 편지를 쓰고
미래의 벗들을 응원하는 것
좋은 것은 필요한 이와 나누고
저녁에는 이불을 당기며 다시 하루를 감사하는 것
그런 한 사람이 되는 것

(2017.2.5.)

삶과 질문

밤 깊어 어떤 날은
유난히 창문이 덜컹댑니다
나는 논리를 발명하려고 애썼습니다
오해받는 아이처럼
내가 왜 사는지 어떻게 살아야 할지
그럴 땐 유년의 늙은 왕버드나무를 생각합니다
그물처럼 퍼져나간 수천의 가지 떨리는 초록잎마다
햇살이 반짝였습니다
왕버드나무 밑 쥐구멍에는 흙내가 가득하고
웃음소리가 들립니다
그곳에도 부처가 있겠지요
잎 그늘 애벌레는 제 꿈에 골몰하겠지요
삶이 지난 터널엔 추억이 나부끼고
가야 할 터널은 아직 어둡습니다
어떤 아름다움을 찾을까요
혹은 깎고 또 다듬을까요
나의 사랑과 노동의
텃밭은 꽃밭이 될 수 있을까요
바람이 불고 운명의 지침이 바뀔 때는

숨죽이며 지켜봅니다
작은 진동에 골몰하는 거미처럼
나는 또 다른 나를 생각합니다
운명이 세상에 나를 내놓으며
삶의 답을 찾으라고 했습니다

(2017.3.17.)

바라나시 타임

바라나시 열차는 갠지즈 강보다 느리다
밤 보낸 대합실에서 나는
나락의 아침 기도문을 읽는다
가트의 화장연기가 새벽안개에 섞여
폐 속 잎들을 적시는 동안
강물은 생각에 잠긴다
대합실 시계 옆 도마뱀이
카레와 담배껌으로 얼룩진 벽에 붙어 6시를 가리킨다
뒤섞인 시간의 페이지들이 펄럭인다
종 울리는 창동역 건널목 차단기가 올라가고
끝없는 시금치밭 사이로 신작로가 열린다
빨간 스웨터의 짝꿍이 울고 있다
노란코트의 여자아이는 초승달처럼 웃는다
형들이 장기를 둔다
별자리로 때를 알던 사람들은
버스를 향해 뛰지 않는다
10분 먼저 와 5분 늦은 애인을 놀리지 않는다
바라나시의 아침 안개를 입으면 사람도 안개가 된다
할아버지의 할아버지들이

아이의 아이들과 논다
돌도 물도 노래를 한다
열차는 강보다 느리고
대합실 시계가 12번 울린다
아이들이 급식실로 뛰어간다
종각의 빌딩 밖으로 사람들이 비둘기처럼 흩어진다
시계의 가죽 끈은 바라나시에서 끊어지고
나는 시간을 잃어버렸다
먼지 속에서 사두가 웃는다
사람들은 죽으러 바라나시에 오고
다시 길을 잃는다
강물은 산에서 바다로 흐른다
람람 가테 혜 람람 가테 혜
금잔화로 단장한 상여가 느리게 지나간다

(2017.3.20.)

공간벌레와 나

나는 허공 속 허무주의자
비극이 많아도 좀 가볍다

공기는 동그랗거나 돌돌 말려
한 입 베어 물면
입가에 이슬이 묻는다
쪼르륵 빨면 달콤하다
늑골이 환하다 희극이다

어디든 끝이다 바다가 출렁인다
바람이 불면 가슴이 간지럽다
기침이 나온다

이따금 불쑥
허공에 공간벌레들이 나타난다

목 없는 고양이처럼
아메바처럼
토르소처럼

팔뚝을 기어가다가
야금야금 허공을 갉아먹다가
이내 사라진다

허공은 모두 몇 페이지일까
얼마나 많은 공간벌레들이 숨어 살까
아인슈타인은 알까
프루스트는 알까
한번은 63빌딩만한 공간벌레를 본적도 있다

공간벌레는 나비가 될까 태풍이 될까
아무데도 아닌 곳에서 아무데도 아닌 곳으로
사라질까 나타날까

나도 공간벌레인가
약간 가볍고 우울하고 궁금한

(2017.4.5.)

내 안의 겨울

쓸쓸하지 않다
나는 여름을 보았으므로

춥지 않다
아궁이에 불을 때면

불을 때기 위해
장작을 패고
장작을 패기 위해
지게를 짊어지고 산을 오르고
나무를 모으다
잠시 하늘을 보며 쉬면 된다
그러면 된다

따뜻하다
밥 한공기를 안으면
행복하다

어둡지 않다

북두칠성과 카시오페아의 시계판이
오색 빛가루를 쏟는다

춥다
하지만
깊게 깊게 눈 내리는 산골엔
불꽃이 환하다

(2017.4.5.)

욕조란 무엇인가

욕조란 집에 대한 모욕이었다
버리자니 아까운 양복처럼 한 번도
신지 않은 구두처럼 삶처럼
나는 욕조에서 목욕해본 적 없다

어릴 때 욕조는 정수장이었다 진흙과 녹이
고이고 지렁이와 그리마가 빠져죽었다
욕조 속 거품 목욕하는 여자는
금발의 여자여야 했다

이웃의 사정들도 비슷했다
대야와 호스와 통이 쌓인 창고였다
공부 잘하는 아이나
공부 못하는 아이나
아버지는 파자마를 입게 마련이었다

골목에 나온 욕조엔 흙이 채워지고
고추와 상추를 재배했다
고추와 상추가 흙에 빠져 수영을 했다

물 대신 햇살목욕을 했다

시골에서 내가 한 첫 번째 사업은
욕조를 마당에 묻어 연못을 만든 일이었다
나만한 홍련이 피고
개구리가 뛰고 도롱뇽이 알을 낳았다

욕조란 무엇인가
욕조를 타고 달나라에 가거나
욕조를 타고 태평양을 건너거나
욕조를 타고 국도를 달릴 수 있다

나는 나른한 노랑 욕조가 좋다
봄이 가수처럼 노래한다
내가 죽거든 욕조에 담아
붉은 흙 가득 채워 묻어도 멋질 거라 생각한다
그래도 욕조란 무엇인가

(2018.4.20.)

손톱달

손톱엔 초승달
버튼 누르면
어리둥절 켜지는 형광등
출렁이며 살을 밀고
파도처럼 자라는 손톱밥
자판을 두드리다
파도소리 들려 멈추면
환한 이마
두근두근
손가락 끝 심장
이파리를 내고 꽃을 피우는 생장점
개울처럼 흐르는
소리

(2017.4.20.)

아무것도 아니며 모든 것인

아무것도 아니며 모든 것인
신의 손가락에 거미가 있거나
아무것도 아니며 모든 것인
거미줄에 신이 있거나

아무것도 아니며 모든 것인
하루가 지나고 있었어
인천과 서울과 예천과 안동과
순천과 전주와 파리와 칸다하르와
달과 화성에서

물이 끓어오르면 차를 넣고
5분이 지나면
아무것도 아니며 모든 것인 내가
아무것도 아니며 모든 것인 차를 마셨어
거미줄 같이 풀어지는 김을 보며

가난한 시는 어눌하여
애인에게 한마디 말 못하는 바보처럼

머뭇거리기만 했어
아무것도 아니며 모든 것이었지

아무것도 아니며 모든 것 때문에
울던 거미는 뜨개질을 시작하고
아무것도 아니며 모든 것인 하루를 위해
이슬은 몸을 줄였어

아무것도 아니며 모든 것인
사랑 때문에
사람들은 살았어

(2017.4.20.)

방주목공소

자하문 밖 세검정 버스 정류장엔
꺼진 듯 낮게
머리 쏙 넣은 거북이 같은
방주 목공소 있지
사람들은 모르지 목공소가 언제부터 있었는지
수염이 한 길 넘는 노인이
아침이면 장지문을 열고 대패질 소리만 들렸지
나날의 널과 판을 두드리는 소리 들렸지
파도처럼 세검정초등학교 아이들
몰려왔다 사라진 뒤 출렁출렁
버스는 하루를 싣고 귀가하지
구약 같은 일들이 일어나는 텔레비전 보며
못을 입에 문 노인은 달력을 헤아리지
난파의 세월 위
연꽃처럼 떠오를 방주에 등을 켜지
밤이 되면 별나라를 항해하지

(2017.4.25.)

세상에 없는

세상의 온갖
없는 것들로 가득한 당신의 오후
당신은 세상에 없는
칵테일 바에 없는 친구들과 앉아 있다
달콤한 없음과 쓰디쓴 없음과
향긋한 없음을 섞어 칵테일을 만든다
빨강 노랑 파랑이 섞이며 투명해진다
구름을 빨 듯 없는 빨대로
쪼르르 마시며
없는 벽에 없는 그림을 본다
없는 황혼이 서글프다
캄캄한 우주의 행성에는 한 아이가 살고
아이의 꽃밭에는 강아지가 뛰어논다
없는 저녁이 흐느끼다가 오후 속으로 사라진다
세상에는 없는 것들이 너무 많다 하지만
없는 것이 더 많다

(2017.5.23.)

고래아이

나는 고래아이
내 방은 고래 뱃속
어느 날 방바닥에 누워 천정을 보다가 알았지

세상은 파도치지
나는 흔들리네 왼쪽으로 한번 오른쪽으로 한번

하지만 내가 고래일지 몰라
내 뱃속에 고래아이가 있을지 몰라
나를 따라 왼쪽으로 한번 오른쪽으로 한번 흔들릴지 몰라

한숨 자고 일어나 나는 춤을 추네
나의 고래아이와 고래와 고래엄마와
왼쪽으로 한번 오른쪽으로 한번

나의 바다가 출렁이네
내가 고래인지 몰라 내가 바다인지 몰라
왼쪽으로 한번 오른쪽으로 한번

(2017.6.18.)

눈길

집을 나서는데
3학년 여자아이가 학교에 간다
아이를 지나는데
아이의 뒷모습 바래는
엄마의 눈길이 밟혔다
기대하고 우려하고 아쉬워하는

내 뒤통수에도 수없이
매달렸던 눈길
치렁치렁 휘날리는 머리카락이 좋아
나는 마구 달렸다
자꾸만 달려나가는 게 좋았다

그해 처마에 세든
새끼 똥 받아 둥지 밖에 뱉던 제비는
까매지는 새끼의 대가리를
몇 번이고 쪼고 싶었으리라

순이와 돌이를 하늘로 끌어올린

동아줄도
엄마의 길고 긴 눈길이었으리라

보이지 않는 뒤통수
새까만 어둠 속에서
엄마는 문득 전화를 건다

밥은 잘 먹고 사냐
돈 아끼지 말고 챙겨 먹고 다녀라
어릴 때 그대로 반말을 주고받다가
염려 마세요 호탕하게 끊어도

엄마는 건너편에
아직도 서 있다
나는 고개를 내두르고 뛴다

그것도 모르면서
아이는 친구와 쫑알쫑알 걸어갔다

(2017.7.20.)

발견

산길을 내려오며 생각했다
행복은 소유가 아니라 발견이라고
아름다움은 있는 것이 아니라 발견하는 것이라고

세상에 태어나
아름다움을 많이 발견하는 사람이
행복한 사람이라고

나는 찾고 있다 그대여
봄소풍 보물 찾아 수풀 뒤지는 아이처럼

알락하늘소와 장구채
산비장이와 광대노린재
여치와 둥근이질풀
섬서구메뚜기와 이슬
거미줄 젓가락나물 달개비 여뀌꽃

이미 너무 많은 것들을 발견했다
하지만 모르겠다

그대에게도 발견될 수 있을 지
서로에게 들킬 지

(2017.8.18.)

하늘여관

하늘여관에 저녁이 오면
손님들이 온다
하느님은 묻는다

너는 길에서 무슨 아름다운 것을 보았느냐
저는 가시밭 자갈밭을 헤맸습니다
아무것도 볼 수 없었습니다

하느님은 물잔을 내며 책망한다
가시밭에 핀 꽃과 달디단 열매는 보지 못했느냐
자갈밭에 놓인 무지개빛 돌들을 보지 못했느냐

나는 애원한다
한번만 더 한번만 더 다녀오겠습니다

하느님은 슬픈 듯 웃는다
너는 이미 수도 없이 다녀왔다
하지만 한 번 더 찾아보아라
하늘여관에 아침이 오면

하느님은 다시 기다린다

(2017.8.25.)

희끗희끗

눈부시구나 햇살이여
해 할아버지는 얼마나 오래 살았기에
머리카락이 저렇게 하얗게 빛날까

캄캄하구나 달이여
달 아이는 얼마나 무섭기에
머리카락이 저렇게 새까말까

애매하구나 나 아저씨여
거뭇거뭇 소년이
희끗희끗 중년이 되었다

해와 달 사이
하늘과 땅 사이
살아가는 가뭇없는 날들이여
골목 모퉁이 저녁이 희끗희끗하구나

(2017.9.1.)

맨밥

아무것도 없는 아침
맨밥을 했다

한 공기 맨밥에서 한 숟갈을 떠
씹고 또 씹었다
단 침이 차올랐다 화수분처럼

달콤한 밥에 취해 씹다가
어금니에 이겨지는 밥알을 생각했다
측은했다
서럽게 달콤했다

언젠가 오늘 같았던 날들이 있었다
외롭고 아픈 날
달콤한 맨밥

(2017.11.6.)

바람

바람이 바람을 박차고 가지 않는다면
바람은 불 수 없다
바람이 바람을 밀지 않는다면
바람은 살 수 없다
보라 태풍 몰아치는 들판
치달리는 바람 달리며 꽃 피고 흩어지는 바람
웃고 통곡하고 외치고
싸우는 바람 쓰러지는 바람
모든 것 쓸어버리고 날려버리고 고스란히
남기는 바람
지금 이 순간 바람은 바람이다
자신이 바람인지도 모른 채 어떤 바람도 없이
죽거나 살거나 좋거나 나쁘거나 쌩쌩
바람 분다

(2018.7.1.)

독백

화수분처럼 돈은 나오는 게 아니라
사라지는 것이다
그렇다고 불행할 필요는 없다
가난의 자존심은
넘치는 햇살을 사랑한 그리스 철학자처럼
높다

풀씨 털어 옮겨 심을까
지렁이를 풀섶에 놓아줄까

천지사방 살아가는 것들이 합창을 하는데
이들을 풍성하게 하는 것이
하느님의 일인데
하늘의 정원지기인 나는 가난해야지

가난 따위는 없다
어른이 되는 아이처럼
밤이 오면
어둠 속 반짝이는 눈망울을 헤아린다   (2018.8.20.)

행복

행복은 어디에나 있다고 하지만
아무데도 없는 것 같다

지저귀는 딱새 둥지에도
모여 난 민들레 밭에도
글썽이는 햇살에도 쉬운 행복이
거미줄에도 매달려 흔들리는 그것이
내겐 도무지 없을 때가 있다

거창한 것 바라지 않았으나
지난 밤 꿈에
나는 10평 삼 칸 집을
500에 살 수 있다고 좋아했다
담도 없고
주인도 없는 그 집이

그리고 꿈에서 깨어
남도의 기숙사 방을 발견한다

없는 것이 아닐 것이다
갈대밭 농게에게도 있는 그것이
내게 없을 리 없다

(2018.9.1.)

살

숟가락 깎다가 벤
손가락에 몇 달 켈로이드가 간지럽다
상처가 나고야
살이 붉다는 걸 알았다

보은산 산책길 따라
남도의 핏빛흙살이 벌어져 있었다
소나무와 참나무 뿌리가 악착같이
꿰매고 있었다

정상까지 길게 벌어진
상처 위를 걸으며
다시 손가락 켈로이드가 간지러웠다

누군가는 여전히 머리가 터진 듯
벌건 기억의 상처를 안고 살아간다
누가 이것을 좀 보라고
누가 이것을 좀 꿰매달라고

어둠이 꿰매고 간 저녁하늘엔

몇 개 별이 흔들렸다

(2018.9.6.)

세상에서 제일 맛난 음식

참 이상하게도
살면 살수록 먹으면 먹을수록
남도의 상다리 휘어지는 밥상 앞에도
나는 문득 그리워진다

7,80년대 군부독재 시절
학교도 군대처럼 애국조회 하던 시절

버스운전을 하던 아버지와
중고생인 형들과
일요일이면 전국노래자랑을 들으며
먹던 호박 부침개

신바람 난 엄마가
지글지글 불판 위 꾹꾹 누르다
철퍼덕 철퍼덕 쟁반에 던지면
다섯 식구가 게 눈 감추듯 뻔질나게
찢어먹던 달덩이 같은 부침개가
어찌나 맛있었는지

그리하여
누군가 그리운 사람이 있거든
어느 일요일
호박 부침개를 함께 해 먹는 것이 내 소원이 되었다

소시민의 그 일상이
너무도 간절하게 되었다

(2018.9.16.)

모서리

글쎄, 모서리 없는 사람 있을까
가득한 슬픔이 괸 남자의 턱이나
외로운 여자의 콧날이나
책상이나 싱크대나 어디에나
굳어지지 않은 것이 있을까

무심코 걸리는 거야 모서리에
툭 찔리는 거야
찢긴 패딩 점퍼를 탈출해
날아가는 오리털을 바라보는 거야
꽥꽥꽥 소리를 지르며 날아가는 오리털

너는 급히 셀로판테이프로
상처를 덮겠지
모서리들이 다시 아귀를 맞추고
하루가 무사히 가겠지

그리워지네 가을 들판
헛헛한 마음 갈대 휘날려

넘실대는 저 갈대 아귀아귀 다 먹고 싶네

배를 가득 채워도

다할 수 없네 다할 수 없네

(2018.10.22.)

내 말은 내 말이 아니다

말은 소용없다
아무도 말을 타고 다니지 않으므로
돌보지 않으므로
(기름기 하나 없는 말고기를 누가 좋아하겠는가)
자동차를 탈 뿐이다

하지만 20년 된 레토나를 타고 나간
강진만 보리들판에서 보았다
말 달리는 남자를
두 개의 허파가 같이 노래하고 있었다
(그는 날마다 말을 먹이고 닦고 쓸고 치웠으리라)

나는 말을 하지만 말을 길러본 적이 없다
거친 엔진에 천식같이 뿜었을 뿐이다

할 말이 없는 날
단 한 번도 세차한 적 없는 차의
침묵 앞에
다시 할 말을 잃는다

(2018.11.15.)

기쁜 날

이상하게도 기쁜 날이 가장 슬프다
지구가 둥글기 때문이다
만월은 아름답지만
이 순간 누군가 눈물을 흘리고
어둠 속을 걸어간다
달의 뒤편 얼음 계곡엔
슬픈 사람들이 모여 앉았다

찰랑대는 달빛 뻘밭
갈대 부여잡고 울던
오목눈이의 까만 눈이 그립다
오목눈이 가슴털 후비던 바람은
무얼 찾았을까
가슴에 붙은 풀씨 하나
오목눈이는 무얼 찾았을까

기쁜 날의 슬픔을
슬픈 날의 기쁨을

(2018.11.28.)

대관령 꿩만두집

언젠가 폭설의 대관령 산골
꿩만두집에서 나는 몇 날을 보냈다
겨울이면 산골남자들은 노루든 멧돼지든
잡으러 썰매를 매고 산을 헤맸다
도끼 한 자루면 집 한 채 뚝딱 짓던
산남자들이 이 산 저 산 마루 치달리다
뿔에 죽고 거개는 술에 죽었다
꿩만두집 할머니는 눈 가득한 아침
감자와 무를 넣고 도루묵찌개를 끓였다
나는 추운 바다를 헤치고
딱따그르르 이를 부딪히며 울던
명태 수만 마리가 눈 속에 묻혀 입 벌린
설원을 지나온 은빛 서러운 그 고기를
아침에도 몇 마리씩 가시를 발라 먹으며
어둠 속 감자 싹처럼
봄을 기억하곤 하였다
뜨끈하게 먹는 저녁 꿩만두엔
뼈가 모래알처럼 까끌했다
폭풍에 눈비늘이 하얗게 날아다녔다

(2018.12.16.)

1990년 겨울

1990년 우이동에서 내려온 물이
중랑천과 만나기 직전
석계역에서 흑백필름 같이 펄럭였다
겨울이면 달도 개천에서 짖었다
역사에는 나오지 않는
천변 위 포장마차의 노아같이 머리가 센
주인이 기름솥에서 야채와 오징어 튀김을 부지런히 건지고
아내는 순대솥에서 둘둘 말린 순대를 번쩍 들어 숭숭 썰고
허파와 간까지 소복이 담았다
겨울의 어둠보다 더 깊은 홍합탕 인심이 유난했다
자정이 가까워 종종걸음 칠 때까지
1호선의 수많은 사람들이 오가며 기웃기웃 출출함을 달랬다
눈발은 날리고 달이 얼음살에 걸리고
포장이 파닥여도
야근을 빼고 온 여직공과
점심을 굶은 대학생과 휴가 나온 군바리가
겨울 홍합국물을 호호 불어가며 밤을 버텼다
막차를 놓치고 새벽길 걸으며
왜 홍합탕이 그렇게 달고 짜고 또 뜨거운데 하필 시원한지

알 수 없었다

밀물이 바위 밑 홍합을 칠 때 서울은 춥다는데

1990년 겨울이 그리워지기도 하는 것이다

역사에는 나오지 않지만

길가 어딘가 어묵꼬치라도 하나 빼어들고

호호 불던 사람들이 아직도

그리움인지 서러움인지 이상인지 아니면

삼류영화 같은 사랑인지를 속삭이는지

복개된 석계역 앞 광장 밑으로

여전히 우이천이 귀를 기울이며 흘러가고 있는지

(2018. 12. 16.)

1990 충남집

연탄창고 뒤
한 간 블록집 충남집
신김치는 떨어지지 않았다
희석식 소주에
간도 배도 절여진 콜록이는 남편의
눈이 연탄보다 더 까맸다
어머니 찌개좀 끓여주세요
야학을 마치고
교사도 학생도 벗어버린
청년들이 마지막 노래를 불렀다
의정부 가는 막차가 쇠 마디 소리를 내며 지나면
내시들의 무덤이 많다는
신창동을 지나 어둠 속을 하염없이 걸었다
무노동무임금가를 부르며
호기롭게 주먹질하던 선배들의 노래를 들으며
나는 내 인생이 너무 부끄러웠다
술에 절은 할아버지도 작은아버지도
역사라는 말을 몰랐다
콜록이며 장지문을 열던 남편처럼

까만 눈빛을 가졌다

이것이 역사일까

새벽에 도착한 집에는 등이 켜있고

찬 호박죽이 있었다

(2018.12.17.)

땅끝

밤 도와 악셀 밟아
땅끝에 가본 사람은 안다
땅끝이 땅 끝이 아니라는 걸
떠나는 배가 실은 길이
바다로 이어지는 걸
하염없이 땅끝 서성이다
바지락 칼국수를 먹으며
바작바작 맴돌던 사람은 안다
석삼년 갯벌에서 바다 노래 담은
바지락 외투 무늬를
눈물겹게 들여 본 뒤에야
뻘밭에 저녁이 온다는 걸
어디든 살아 있는 한
끝없다 끝이 없다 난타하는
파도와 함께 돌아와야 한다는 걸
너무도 너무도 잘 안다

(2018.12.25.)

리치

팔순 노모가
새벽길 떠나는 아들에게 밥을 차리고
겨울딸기를 내놓았다

어머니 일주일에 두 번은 밖에서 드셔야 해요
맛있는 것을 사먹어야 해요

몇 푼 용돈이 은행에 쌓일 때
가문 땅처럼 마른 어미는 주름만 늘었다

A B C D라도 가르쳐 드릴 걸
도화지에 남편 욕 하고
오색 무지개라도 그리게 색연필이라도 깎아 드릴 걸

다음에 다시 태어나면
남자로 태어나 공부도 많이 하고 싶다
그래도 예전 건 다 기억하고 싶다

아무렇지도 않게 말하는 어머니가

아무렇지도 않아 서러웠다

어머니 남쪽 저 먼 나라엔
리치라는 과일이 있어요
겉은 쪼글하고 딱딱하지만 속은 보들보들 달콤해요

하늘이 무정하다지만 어찌 잊겠어요
다음엔 리치를 꼭 까먹어요

(2019.1.21.)

2

청명

쑥 캐는 어머니

머리에

바구니에

한 둘
내리는 벗 꽃 잎

너머
제비

(2016.4.4.)

곡우(穀雨)

연두빛 오르는 산등
연달래 피고

감자이랑 소복이
봄비 젖을 때

취나물 삶는 솥 너머
뽀글뽀글 엉겅퀴국

(2016.4.22.)

입하(立夏)

신전리 늙은 이팝

꽃술 비칠 때

골골이 꽃구름이 한창인데

석계 오일장

묘종 내온 노인은

산마루 철쭉 불이 붙었냐며

담배를 문다

(2016.5.6.)

엽서

엽서 한 장 보냅니다
당신에게 내 벗들을 보냅니다
새와 해와 풀과 그리고 냇물

당신이 외로울 때 지쳤을 때
귀를 기울여 보세요
남들이 당신을 비난할 때도
당신의 들판에는 언제나
새와 해와 풀과 그리고 냇물이 흘러요

내일이 두렵고
후회가 막급할 때도 잊지 마세요
당신이 잊지 않는다면
새와 해와 풀과 그리고 냇물은
온 힘을 모아 당신을 응원할 거에요

엽서 한 장 보냅니다
당신에게 내 벗들을 부탁해요
당신의 들판에서 그들을 돌봐주세요   (2016.6.19.)

민달팽이

어느 장맛날 아침
빗방울 듣는 숲을 걸었습니다
거기 민달팽이 두 마리
여름버섯의 향연에 취한 뒤
서로 몸을 열어 엉겨 있었습니다

눈물일까요 환희일까요
더디고 느린 강들이 만나
한바탕 풀어져 있었습니다
숲도 희푸르게 파도쳤습니다

이윽고 열린 몸을 닫고
각자의 길 가겠지요
향기 가득한 추억을 남긴 채
숲 너머 구름처럼

(2016.6.23.)

무지개거미

거미는 배꼽이 없다
피타고라스의 환생인지 모른다
별과 별의 꿈이 맺혀
2500년 떠돌다 풀잎에 걸렸는지 모른다

거미는 심사숙고한다
가지와 가지와 풀잎
세 개의 끝점을 잡고 중심을 잡고
분할된 면들의 화음과
태양의 입사각을 계산한다

숲은 의아하다
거미의 일생이란 그물을 치고
먹이를 기다리는 것이기에
어둑한 골짜기에서 무지개를 잡기 위해 골몰하는
거미가 신기하다
매사 그렇듯 뻐꾸기 소리에 잊힐 것이다

은빛 해먹에 앉은

거미는 미동도 없다

저 홀로 밤의 오로라를 연주한다

(2016.7.23.)

서로서로

강아지풀 피어
얼굴 부빈다

보들보들
가슬가슬

이게 얼마만이냐
언제 또 보겠냐

눈부신 하늘
무성한 여름

(2016.8.6.)

먼 옛날 사람이 주인이 되기 전에는

먼 옛날 사람이 세상의 주인이 되기 전에는
모든 생명이 자연사했습니다
봄이 되면 싹이 돋고 여름이 되면 꽃이 피고
가을이 되면 열매 맺고 겨울이 되면 잎을 떨구지 않아도
저마다 자기의 시간을 살았습니다
들과 산에는 청년의 나무들이 자라고
그 나무가 다시 장년의 집채만 한 나무가 되어
하늘을 떠받치곤 하였습니다
지혜가 물처럼 공기처럼 흘렀습니다
세대에서 세대로 무르익고 이어졌습니다
아기들은 뛰어다니며 가르치지 않아도
저절로 배웠습니다 저절로 자랐습니다
때가 되면 익는 과일처럼 늙어서
지혜롭지 않은 생명은 아무것도 없었습니다
늙은 나무는 천 년을 살고
다시 태어나기 위해 떠났습니다
몸을 사슴벌레와 다람쥐와 딱따구리에게 남겼습니다
올빼미도 숲닭도 사람만큼 오래 살았습니다
사람만큼 지혜롭고 사람만큼 고귀했습니다

지상의 생명은 별들의 노래를 들으며 잠들었습니다
한 가족이었으므로 모두가 주인이었습니다
백수의 왕 따위는 없었습니다
먼 옛날 사람이 주인이 되기 전에는
지혜가 무르익기 전에 죽는 것도
자연의 법칙을 따랐습니다
무엇도 고귀함을 잃지 않았습니다

(2016.9.4.)

점심

낮결 산등성이 늙고 따뜻한
바위에 빨노파 등산객이 식사를 한다
발아래 하얗게 파도치는 억새 바다
노루 한 마리 첨벙첨벙 뛰어간다
찬합에 넣은 김밥이 꽃같다
눈부신 구름이 머리를 맞대고
높바람이 벌름벌름 내를 맡는다
김밥 하나 고시레 던지면
조바심 나는 건 다람쥐
참취 미역취 쑥부쟁이
가을산에 별같이 피어나는데
햇살이 졸립고 따갑다
객에게 내민 것이 하얀 사과였다
아삭, 빛방울이 튀었다

(2016.9.20.)

비꽃

가문 어느 날
그것은 꽃핀다

버석한 눈가에
콧잔등에
손등에

십리를 달려 온 빗방울 하나가
하얗게 파열한다

슬픔의 길 위
희망의 발자국처럼

영문을 몰라 하늘을 본다

꽃비다

(2016.9.23.)

오독오독

저 산 쓸쓸한 짐승이 살아
눈 깊이 쌓이는 굴 안
오독오독 도토리 깨물다가

행여 등산객 몇 떠들다 가도
사냥꾼이 기웃거려도
박새 놀라 날아가도
오독오독 도토리 깨물다가

별이 폭포 같이 쏟아지는 밤
하얗게 숨 한번 내쉽니다

(2016. 11. 22.)

겨울비를 위한 숲의 푸가

겨울 숲에는
어둠보다 먼저 비가 내린다
떨어져 누운 갈잎에 듣는 빗방울은
솥바닥 위 일어나는 누룽지처럼
뜨끈하다

안단테 안단테
걸을 때마다
산이 저음으로 울린다
목청 높은 박새는 어디에 숨었을까

부러진 가지가 다시 부러지고
구멍 난 잎이 다시 찢어진다
검게 젖어

아우슈비츠의 시체처럼 아무도 일어나지 않는다
사이를 눈물이 흘러내린다
나라에는 이천만의 날개 달린 생명들이 생매장되었다 하지만
매장되지 않은 채

매장된 것들이 더 많다

어디든 비는 내려
뿌옇게 흐려
속으로 속으로 기어들어간다
지렁이처럼 신음한다

저녁이 오기 전 안개가 다시 지나간다
서 있는 생명들의 실루엣이
C＃ D＃ F＃ 멀어간다
나무의 침묵을 침묵이 건너간다

그럴 수도 있겠다
하지만 우리가
하지만 우리가
(입 속에 넣을 술어가 없다)

판초에서 흘러내린 물이
뒤꿈치를 파고든다 차갑다
걸을 때마다 물이 보태지고
졸졸 길이 흐른다

물이 모여 골짜기에서

폭포가 된다 통곡한다

다 왔다
하지만 우리가
하지만 우리가

하늘이 검게 입을 벌리고
푸가를 연주한다

(2016. 12. 26.)

*후기: 그해 겨울 조류독감으로 삼천만의 가금류가 살처분되었다.

고독한 산책자의 추억

사람들은 으스름 안개 속
그를 보자 농부이겠거니 생각했다
실루엣을 걷고 그가 나타나자
안골 절름발이를 발견했다
그가 언제부터 들과 숲과 강을 걸었는지 몰랐다
만나면 형식적인 인사를 나눴다
딱새둥지를 확인하러 가는지
함박꽃 향기를 담으러 가는지
수달의 물장난을 보러 가는지
모래알을 부비러 가는지 아니면
거대한 소나무를 안으러 가는지
아무도 모를 일이었다
오로지 그만의 경험이었기에
그의 이마에 무엇이 스치고
가슴에 무엇이 관통하였는지 알 수 없었다
절름발이의 머리칼에 묻은 바람과
관절에 쌓인 노래에 누가 관심을 기울이겠는가
각자에겐 할 일이 너무 많았다
강물이 마을을 감아 돌아가며 하는 일을

어찌 사람들이 알 수 있겠는가
그는 그저 산책이 필요한 절름발이였는지 모른다
농약병과 폐비닐이 유령처럼 나부끼는 들판과
부목과 쓰레기가 쌓인 강변과
묵정밭과 가시덤불의 산을
그가 두더지같이 뚫고 지나왔는지 아니면
길이 경전 같이 열렸는지
도무지 알 수 없었다
산책은 오로지 그의 것이었다

(2017.1.13.)

그저 햇살이 좋다

겨울 끝자락
네발나비가 눈 떴다

빌딩도
계좌번호도 모른다
자기가 표범처럼 멋진 것도 모른다
지난겨울 추웠는지
창공 따위 관심 없다

그저 햇살이 좋아
두발사람 다리 사이를
요리조리 날아다닌다
그저 햇살이 좋다

(2017.3.18.)

돌각담

빨간 놈 하얀 놈 점 박힌 놈
울퉁불퉁 못난 것들이
뺀질뺀질한 놈도 마다하지 않고

팔짱 끼고
어깨동무하고
서로 꽉 끌어안았다

이마에 힘 팍 주고
바람을 막는다
북풍도 천둥벼락도 짱돌에도 꿈쩍없다

볕 돋은 아침에는
할머니랑 강아지랑 해바라기 한다
이끼도 눈부시다

(2017.3.20.)

천엽

소는 뱃속에 이빨이 있다
하늘보다 파랗고 질긴
풀줄기를 위양에서 다시 꺼내
뽀득뽀득 갈아 넘기면
식당 참기름 소금에 찍어
천엽을 먹어본 사람은 알 것이다

천엽의 이빨들이 꼬득꼬득
어금니 사이에서 부서질 때
바람이 불고 햇살이 튀고
풀내음이 아련히 돋아온다는 것을
소의 울음이
뱃속에서 울리는 이유를

천엽을 질겅질겅 씹고 있을 위처럼
바람이 불 때마다
풀은 하늘을 씹었을 것이다

다시 소주잔을 털고

스물여덟 개의 대문니로 송곳니로 어금니로

끊고 찢고 갈고 부수며

삶이

애틋해지는 것이다

하늘은

하루를 천 번 씹어 황혼을 만든다

(2017.4.5.)

나무 1
—나의 나무

어느 해 정월 아침
나는 아비의 손을 잡고 뒷산에 갔다
골짜기를 들어가 산을 넘고 다시 산을 넘어
새처럼 울던 다람쥐의 까만 눈으로
내가 아비를 봤을 때
아비는 갈참나무처럼 말없이
골짜기를 가리켰다
너만 아는 네 나무를 찾아야 한다
그 나무가 너를 지켜줄 것이다
너도 그 나무를 지켜야 한다
아비는 아름드리 참나무를 쓰다듬으며
그 나무가 아비의 나무라고 말했다
막걸리와 북어와 사과 한 개를 차리고
할아버지에게 배운 기도를 했다

나는 물소리 맑게 울리는 바위 가에서
그 나무를 만났다 오래 기다린 듯
나무는 말이 없었으나 편안했다

나는 아비가 준 사과를 내어 놓고
나무와 친구가 되었다
그렇게 몇 해 나무를 만나러 갔다
쓸쓸할 때도 슬플 때도
그리고 고향을 떠나던 날에도
나무는 그대로였다

하지만 몇 해가 지난 것일까
간혹 유리창 너머 나무가 서 있는 거 같다
사락사락 눈보라 치는 숲의
그 나무가 그립다
그 어느 날 아침처럼
산 넘고 다시 산 넘어 골짜기로
나의 나무를 찾아가야 한다

(2015. 12. 8.)

*후기: 이 시는 대관령 산골마을의 한 할아버지의 어릴 적 이야기를 바탕으로
쓴 것이다.

나무 2
—굴참나무

굽이굽이 숲 속 굴참나무는
마디마디 굵은 할아버지 손같다
할아버지가 평생 읽던 삼국지 같다
켜켜이 쌓인 세월의 더께에
나는 등 부비고 싶다
목을 볼을 소처럼 긁고 싶다
삶은 외롭고 고단한 것이라고
노을처럼 붉은 소등을 쓸면
소의 눈도 촉촉하였다
소도 할아버지와 함께
산이 되어 오도카니 앉았는데
나는 자꾸만 긁고 싶다
굴참나무 껍질을

(2016.6.8.)

나무 3
—나무는 격렬하게

저녁이 되어 돌아갈 곳이 있는 사람들은
둘러앉아
밥과 술과 잡담을 나눈다 웃음꽃을 피우며

유독 화려했던 나무의
개화의 고통에 대해
격렬했던 저항에 대해 기억하지 않는다

벌겋게 산을 허무는 포크레인보다 큰
겨울을 벗는 가지의 함성과
햇살이 보냈던 찬사에 대해

그리하여 깊은 밤
거칠고 격렬하게 추락하는 폭포와 같이
맹렬하게 꽃잎을 날렸던 한 나무에 대해

(2017.4.10.)

나무 4
—한 나무의 추억

늘 지나던 산길
늘 서 있던
늘 푸른 나무가 쓰러졌다
꼬박 이틀 진눈깨비가 퍼부은 뒤

눈 녹은 날
나는 길을 막고 누운 나무를
타고 넘으며 보았다
뿌리에 박힌 바위를

말없는 이방인 같던
할아버지가 떠난 후
남겨진 침묵같았다

세월의 굼벵이가 파고들 때
할아버지는 말이 없었다

바람 좋은 어느 날에는

혼자 술을 마시고
흔들흔들 춤을 추었다

(2017.5.29.)

나무 5
―나무의 주소

나무는 주소가 없다
지적도를 든 사람들이 와 말했다
무단점유다
이곳을 떠나라
그렇지 않으면 강제 철거할 것이다

누가 주인이라고
뿌리박고 자란
나무는 떠날 수 없다

며칠 뒤 포크레인과 덤프트럭이 왔다
천근의 삽날이 나무를 부러뜨렸다
끊고 파냈다
덤프에 실린 나무들이 사라졌다

나무에게 주소를 달라
새와 바람 손님 맞고
계절의 편지 받게

골짜기를 등기 내달라
바위도 풀도 쫓겨나지 않게
지적도에 주소를 명기하라

가랑골 버무골 물레방아골 다래막골 으름골 삼밭골
범바위 문바위 자갈내미 부엉이너덜
피나무 말채나무 사람주나무 굴참나무
때죽나무 덜꿩나무 쪽동백
지적도에 주소를 달라
새와 나비도 와 살게 하라

바람이 불고 나무가 외친다
우리가 주인이다
더 이상 쫓겨나지 않도록
등기 내달라
나무에게 주소를 달라

해와 달과 비와 바람처럼
너희들도 다녀가라

(2017. 5. 30.)

나무 6

평창동 개울가 실버들에
연둣빛 물이 들면
개울은 두근두근 흐른다
실버들 천개의 가지가 일렁이면
버스를 타고 가던
사내들도 무작정 그리워진다
버들피리 불며 떠나고 싶어진다
세검정 초등학교 아이들이
종다리처럼 재잘대며 지나고
군마처럼 달리는 찻소리에 묻혀도
아스팔트 밑에서 울던 물고기들은
폴짝폴짝 뛰고 싶어진다
누가 알겠는가
일렁이는 나무 올려보는
노안에도 서성대는 그 빛을
개울가 실버들 일렁일 때

(2018.3.23.)

풀잎의 노래

당신이 입술을 대어
바람 불지 않으면
저는 아무것도 아닙니다

당신이 입술을 대어
바람 불면
저는 노래입니다
하늘을 달리고 땅을 껴안는 거친 사랑입니다

기다리겠어요
비와 햇살 맞으며
귀를 쫑긋 세운 채
당신을

(2017.4.11.)

정체성

그러고 보니
내 머리는 광활한 하늘에 가지를 뻗고
내 발은 끝없는 땅에 뿌리를 내렸다

하늘과 땅이 내 안에서 만난다

나는 나무고 짐승이고 사람이다

(2017.4.17.)

베짱이와 풀잎과 이슬

풀잎에 앉아
베짱이가 가만히 이슬을 봅니다
풀잎엔 입자국
베짱이는 배짱이 두둑합니다
풀잎만 있으면
개미처럼 벌레를 괴롭히지 않고
매미 날개나 부스러기 따위 모으지도 않고
풀빛 파랗게 차오른
뱃심으로 노래 부르다가
풀잎 튕겨 하늘로
다이빙하면 그만입니다
석 달 열흘 한겨울
낙엽 밑에서
늘어지게 잠자면 그만입니다
남는 시간
이슬을 봅니다

(2018.4.18.)

가재는 깜짝

산골 개울
돌 밑
가재는 봄이 온 줄 몰랐다

산골조개랑
돌 밑에서
오순도순 살았다

꽃길 따라
찔레 씹으며 올라온 아이들
돌을 들추자

깜짝

불이야
산마루가 온통 철쭉불 붙었다

(2017.4.30.)

빗방울 날릴 때

그대여 비오는 오후
빗방울 바람에 날려 스칠 때
소읍의 횡단보도 앞에서
퍼득이는 플라타너스를 바라봅니다
70년대 선인장 화분을 둔 이발소와
60년대 역전다방의 간판을 단
흑백사진 같은 거리에
빗방울이 모래알처럼 쏟아집니다
자동차가 앞을 지나고
저는 잠깐 뒤로 물러섭니다
웅덩이에 연달아 비꽃이 핍니다
뒤채이던 숲의 잎들도 겨울이 오면
썰물처럼 밀려날 겁니다
인생은 슬픈 것이겠지요
하지만 별빛이 피었다 꺼지는 사이
또 다른 행성의 그대와 나는
이렇게 날리는 빗방울을 맞겠지요
거죽이 초록으로 물든 플라타너스가
희열로 펄럭입니다

비오는 오후가 환합니다

(2017.6.8.)

어느 두더지의 죽음

풀잎이 파도치는 고산 초원
두더지가 하늘을 보고 누워 있다
어떻게 고산에 왔을까
얼마나 많은 오류와 후회와
깊은 꿈으로 기었을까
골짜기 어딘가 빨치산의 해골 옆을
바위 틈 녹슨 철모의 구멍을
매설된 지뢰와 철조망을
땅속으로 포복으로 지났을 것이다
얼마나 많은 어둠을 뚫어야 별은 빛날까
모래 한 알 씹으며 두더지는 알았을까
심장이 멎던 순간 하늘을 보았을까
별빛의 훤한 구멍을

(2018.6.11.)

장수말벌

부우우-웅

장수말벌이 난다
블랙호크처럼
숲을 수색한다

침묵의 공습경보
그늘까지 숨죽인다

일당백 관우장군이
전장을 휩쓸듯

무풍지대다
나도 우뚝, 멈춘다

부우우-웅

(2017.6.12.)

풀

풀은 결심했다
칼을 빼들었다
이제 우리가 도시로 가자
결전을 벌이자
파도치며 파도치며
몰려갔다

(2017.6.28.)

달팽이는 방긋

툭 툭

달팽이가 고개를 돌리니
이파리가 나풀
빗방울이 벌써 지나갔다

다시
달팽이가 고개를 돌리니
버섯이 활짝

달팽이는 방긋
느리게
버섯 속으로

(2017. 10. 18.)

바람이 지나는 소리를 들었다

바람이 지나는 소리를 들었다
나무 밑 다람쥐 도토리 밝다가
때가 되었다

창을 닫고 자리를 정돈하고
떠날 때가 되었다

풍뎅이가 떨어져 누운 길
마지막 꽃들은 아름다웠다
까마귀들이 모여 춤을 춘다

햇살이 떨구는 거미줄 휘날리며
바람이 지나가고 있었다

숲이 물결치자
숲속 검은 샘이 흔들렸다
나무 한 채가
희열로 타올랐다

바람이 지나며 속삭였다
귓등에 바다의 소리를

새품처럼 마루를 넘어갔다

(2017.10.29.)

섬

섬에 사는 사람은 앉아도
서서 본다
수평선 위 고무줄처럼 넘나드는 갈매기

손차양 너머 세상은
속절없이 눈부시다

누군가에게 편지를 쓰며 하루가 가고
누군가에게 일기를 쓰며 하루가 가고
파도처럼 잠이 든다

배낭을 메고
육지로 떠난 아이는 늙어
연안 부표처럼 떠밀려온다

뻠 재기로 땅따먹기하던 유년의 뜨락이
어둑해지면

갈매기가 조가비를 물고

바다를 건넌다

(2017.12.4.)

꽃 진 뒤

아름다웠다
충분히

하지만 보았다
꽃 진 뒤

모든 것 비운
자리가 더 아름답다는 것을

(2018.4.14.)

하늘은

하늘은 나를 위해 울지 않았다
들판의 민들레가
별처럼 하늘댔을 뿐

하늘은 나를 위해 푸르지 않았다
들판에 홀씨가
지천으로 날았을 뿐

하늘은 나를 위해 빛나지 않았다
물가 할미새가
반짝이며 울었을 뿐

(2018.4.26.)

내 뒤통수를 감싼 하늘

개미처럼 머리가 까매질 때
나는 고개 돌릴 수 없었다
뒤돌아 나올 수도
이리저리 헤맬 수도
개미처럼 골몰하였다

저녁이 되어 강진만 갈대밭을 걸으며
비로소 알았다
날마다 하늘이 내 뒤통수를 들여다보고
장엄하게 감싸고 있었다는 것을

개미처럼 이리저리 거닐며
보았다 이리저리 헤매는 고둥과 옆길로만 새는 게와
뜀뜀는 짱뚱어와 쪼로로 쫓는 도요새 발자국을
걷다가
뻘 가운데 흐드러진 아카시꽃동산의 향기가 닿을 무렵에는
갈대 속 새가 가슴 떨리게 울었다

그리고 나서야

하늘이 장엄하게 스러졌다

(2018.5.7.)

보물을 찾으러 온 건 아니지만

보물을 찾으러 온 건 아니지만
바다에 와 사람들은 놀란다
조개는 많지만 같은 무늬가 없다
파도는 많지만 같은 파도가 없다
모래알이 넘치지만 같은 모래알이 없다

없다 희한하게
없다 그럴 수밖에 없다
같은 사람 같은 행성이 없는 것처럼
우리는 모두 아름다운 타인이다

보물을 찾으러 온 건 아니지만
해변에 뛰어놀던 사람들은
저녁이 되어 다시 놀란다
조개 속처럼 무지개 구름이
하늘에서 황홀하게 펼쳐진다
강이 땅에만 흐르는 것이 아니다
나뭇잎에도 손바닥에도
바다에도 하늘에도 흐른다

온 세상에 흐른다

보물을 찾으러 온 건 아니지만
바다에 와 사람들은 놀란다
파도에 한참 두드려 맞고 어리벙벙 바보가 된다
45억 년 전 바람은 지금도 분다
보물을 찾으러 온 건 아니지만
고둥 속 우주에 별이 뜰 때 하나 둘
사람도 별이 된다

(2018.5.24.)

느린 자전거를 타고

저녁이 되면
나는 느린 자전거를 타고 느리게
그대에게 가리
느린 바람과 이야기하며
햇살이 빚은 황혼의 꽃잎을 보리

느린 자전거가 무료해하면
자전거에서 내려 자전거와 함께
걸어가리
자전거와 어깨에 얹히는 햇살의 손을 느끼리

잠시 몇 분 간
개구리의 눈과 마주하리
개구리 눈 속 구름이 흘러가는 걸 보리

그대에게 가리
느린 자전거를 타고
느리게 걸어

그대의 벤치에 앉아
그대가 남기고 간 시간의 느린 뜨개질을
바라보리
노을 속 게와 함께

졸고 있는 자전거를 깨워 느리게 돌아오리

(2018.6.12.)

3

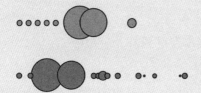

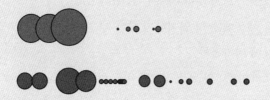

누워 있다

저기 한 사람이 누워 있다
아무것도 가지지 못한 자
이름도 주소도 침낭 하나도
밥 한 끼 햇살 한 줌도 갖지 못한 자가 누워 있다
비오는 날 젖은 신문처럼
지하도에 캄캄하게 누워 있다
시궁쥐도 숨을 굴이 있고
뱁새도 깃들 덤불이 있는데
저기 아무것도 가리지 못한 자가 누워 있다
산더미 같은 채무에 눌려 일어나지 못한 채
운명의 벼랑에 비박하듯
시간제 아르바이트 K와 계약직 Y가 황급히 지나간다
아침이 왔다고 누가 그를 깨울 수 있겠는가
모든 인간은 평등하다고 존엄하게 살 권리가 있다고
누가 그를 깨울 수 있겠는가
하늘 위 수백억을 쌓아올려 만든 스카이라운지
헬기처럼 시원한 칵테일을 마시는 연인에게
일어날 수 없는 바닥은 보이지 않는다
소말리아의 어린이에게서 온 편지를 읽으며 웃는 그들에게

아무것도 가지지 못한 자는 끝내

아무것도 아닌 자가 되어

일어날 수 없다

저기 누워 있다 한 사람이

(2016.7.3.)

광화문에 부쳐

광화문에 백만 사람이 모였을 때
그것은 교과서에 나오지 않는
나라였고 하늘이었다

사람들은 촛불을 나눴다
나이도 직업도 묻지 않았다
북풍에 주눅 들지 않고
주먹밥을 나누고 커피를 나눴다
예수처럼
천국이 곱은 손 안에
우리 사이에서 피어났다

그리하여 광화문에 형형한
빛의 강물이 출렁이고
바다가 되어 파도쳤을 때
담을 넘고 어둠에 잠긴 청와대를 덮었다
분노를 넘어 그것은 다가오고 있었다
해방이었다

사람들은 노래했다 신생의 울음으로
새 역사가 태어나고 있었다
우리에겐 대통령이 필요 없다
우리가 나라고 우리가 하늘이다
시커먼 먹구름아 어둠아 사라져라

87년 6월처럼
80년 5월처럼
60년 4월처럼
3월 하늘처럼
동학년 그날처럼
먹장구름 찢고 하늘이 다시 왔다

우리의 새 나라가 불의 강이 되어
빛으로 넘쳐 흐른다
우리는 다시 태어난다
4월의 그날처럼
어둠을 몰아내고 껍데기를 불태우고

모든 것이 다시 시작이다
겨자씨 한 알로 우리가
다시 새 하늘을 열고 있다

(2016.12.6.)

일어서는 너

바닥에 손바닥을 짚고
발가락과 앞굽에 체중이 실리자
장딴지 근육에 힘이 들어가고 오금이 펴지고
엉덩이가 올려졌다
전생만큼 전 생애가 무겁다
내생만큼 한 치도 알 수 없다
그 사이 사이시옷처럼 일어선다

시선이 잠시 땅에 곤두박질쳤다가 이내 솟구쳐
8월 창가 동동 떠다니는 구름을 일별한다
어쩌면 우리는 살아가며
아무것도 못 볼지 모른다
손등 땀을 반짝이며 젖어들던 햇살이
팔과 가슴을 스치고
다리와 발등으로 집요하게 흘러내려
떨어진다

우리는 늘 햇살과 싸운다
가슴과 식도를 긴장시키고 너는

짧게 끙 숨을 내뱉는다

일어섰다 너는

매 순간 모든 것이 달라졌다

창밖에는 8월의 새 라일락 이파리가 펄럭이고 있다

네가 모르는 사이 네가 일어나는 사이 일어난 일이다

연달아 이 모든 일이 벌어지고 있다

희미하게 일렁이던 커튼이 동요를 멈추는 동안

어쩌면 네 심장이

피로로 잠시 두근거릴지 모른다

어떤 예감인지 모른다

(2016.8.11.)

공짜인 자유

자유는 공짜다
그러나 무엇보다 비싸다
햇살처럼 바람처럼 물처럼 공기처럼
공짜지만 자유는
삼성도 현대도 롯데도 대통령도 가질 수 없다
오히려 빼앗는다
권력은 자유가 아니다

소시민의 궁상도 자유가 아니다
피자와 나이키와 아파트와 자동차와 놀이공원은
자유가 아니다 부활절 달걀 껍데기다
가장 무도회는 끝났다
성대한 가장을 벗을 때
알몸을 부끄러워 말자

오만도 굴종만큼 혐오한다
자유인은 주인을 섬기지 않을 뿐더러
누구의 주인도 되지 않는다
그저 사람 앞에 사람으로 설 뿐

자유롭기 위해 주인과 싸워야겠지만
때로는 노예와 더 치열하게 싸워야 한다
주인은 격노한다 노예는 매도한다
악의 자식이라고

왜 아니겠는가?
껍데기를 혐오하는 자
문신 같은 고독을 두르고
자유의 사슬을 쥔다
미소한다 바람과 햇살과 새와 꽃에게
자유로운 존재들에게 인사한다
하지만
자유롭기 위해서는 자기 자신을 다시 벗어야 한다
자유의 사슬을

(2016.8.27.)

취한 말들의 시간

일찍이 미술을 포기했을 때
나는 말이야말로 호미고
망치라고 생각했다
돈 없고 백 없는 자들이 지켜야 할
하지만 말이 나오지 않았다
돈이 되지도 않았다
오히려 텔레비전이나 신문에는
쓰레기가 된 말들이 쏟아졌다
시체에 꼬여든 쉬파리들로 어지러웠다
일찍이 이 땅에는 여우 같이 약 빠르거나
돼지같이 욕심 많은 자들이
상전이었다 그들은 명령했다
누가 조선일보를 욕하고 누가 KBS를 욕하겠는가
하급반교과서를 복창하던 아이들이
임금님 귀는 당나귀 귀라고 어찌 외치겠는가
시퍼렇게 일렁이는 대숲 앞에서
말문이 막혔다
어느새 혐오하는 자들을 닮아
욕이 나오고 취한 듯 횡설수설했다   (2016.9.23.)

새로운 말

우리는 아직 말을 할 줄 몰라요
아다다처럼 수많은 비방과 욕과 거짓 속에
말을 잃었어요
하지만 우리에겐 하고 싶은 말이 있어요
아직 태어나지 않은 아기처럼
우리의 열정은 고통은
아직 사랑의 몸짓을 멈출 수 없어요

어쩌면 말이 되기 위해서
수억 년 별들은 지상에 떨어졌을 거예요
하늘이 바다를 낳고
바다의 모음이 생명을 낳고
태초 초원을 달리던
아사달과 아사녀가 하얀 이 반짝이며
해와 달과 나무와 바람의 이름을 처음 불렀을 때
누리는 참으로 행복했을 거예요
아이가 어른이 되듯 봄이 여름으로
무르익었어요
그리고 어둠이 내릴 때 비로소

침묵이 태어났어요
아직 거짓이 없던 시절 사람의 말은
새와 바람의 노래 같았어요

그러나 우리의 겨울 거리는
자유도 평등도 민주주의도
소유와 권력에 의해 모두 거짓이 되었어요
우리는 헌법도 국가도 필요 없어요
참말이면 돼요 진실을 알고 싶어요
우리에겐 육법전서도 국어사전도 필요 없어요
사방에 범람하는 말들이
길을 잃고 늙고 병들고 뒤틀리고 신음해요
언제였나요 우리의 작은 속삭임이
향기를 잃고 악취를 풍기기 시작한 건
입술이 메말랐어요 갈라졌어요
피가 흘러요 두려움으로
혀도 입천정에 붙어버렸어요

말을 하게 해주세요
우선 말 대신 침묵에게 손 내밀어 주세요
우리가 사랑을 하면
다시 말을 하겠죠
다 같이 막대기 두드리며 거북이 노래를 부르던

그 날 아침처럼
노래해요
거북아 거북아 머리를 내밀어라
거북아 거북아 머리를 내밀어라
새 하늘 새 해 떠올라
진실의 노래를 들려주세요

그렇게 우리 함께 노래해요
새로운 말로

(2016.11.24.)

죽거나 미치거나

태극기가 나부끼고 실성한 듯
짖고 물어뜯기 시작했다
광화문에서는 한 스님이 몸에 불을 붙였다
나는 아직도 원산폭격
머리를 박은 채 다리를 발발발 떨고 있다
누구도 똥 싼 바지를 입고 자거나 먹을 수 없다
그런데 우리는 구더기마저 끓어 넘치는
자랑스런 역사의 똥통에서 허우적거린다
위안부를 잡아가던 친일 앞잡이 경찰과
위안부를 겁탈하던 친일 앞잡이 장교의
딸들의 코끝에만 치를 떨며
왕의 목은커녕 손목도 치지 못하였다
다시 개들이 짖고 물어뜯기 시작한다
서울에서 부산까지 좀비들이
피고름을 흘리며 전력질주해도
거리는 청결하고 댄스곡이 울린다
실종자가 한둘인가 자살자가 한둘인가
사라진 자리를 사이보그들이 다닌다
인간적인 너무나 인간적인 웃음을 웃으며

누가 살아 있는가
누구도 제정신으로 살 수 없다
죽거나 미치거나 죽거나 미치거나

(2017.1.8.)

부활절 아침에

지난 겨울은 뜨거웠습니다
그리고 잔혹했습니다
광장의 촛불이 닭으로 불리는 대통령을 탄핵하는 동안
시골에서는 AI가 휩쓸었습니다
3154만 마리의 닭들이 살처분 되었습니다
어둡고 자욱했습니다

세월호 3주년 부활절 아침
아직 어둠을 품은 채
세월호가 누워있습니다
십자가의 예수처럼

우리들은 예배를 보고 단장을 합니다
부활 토끼가 낳은 꽃계란을 선물합니다
빨랑 노랑 파랑의 줄무늬 물방울무늬
곱게 핀 꽃계란 바구니를 들고 공원을 찾습니다
병아리처럼 삑삑거리며 활개를 칩니다
꽃들이 꽃계란처럼 피었습니다

토끼가 뛰어갑니다
막 돋은 초록풀밭
한 마리 두 마리 구름처럼 뛰어갑니다
하느님 미안합니다
너무도 많이 죽었습니다

우리도 뛰어갑니다
세월호의 아이들과 빨주노초 물감을 칠한
부활의 닭들과

(2017.4.18.)

등에

월세를 올려달라는
등에는 땀과 피를 좋아한다
검고 젖은 목덜미를 사랑한다
폐지를 끌며 비탈을 오르는 뼈밖에 없는 노인과
새벽 편의점 시간제 아르바이트로 졸고 있는 취업준비생과
생계 막막한 미혼모를 차별하지 않는다
퇴직금 털어 개업한 치킨집 기름 냄새를 사랑한다
만인을 사랑한다 만인의 행복을 기원한다
만인의 피와 땀이 등에 계좌에 차오른다
링거주머니가 금세 빵빵해진다
등에는 피와 땀이 달콤하다
통통한 등에를 위해 이어폰을 꽂고
흥얼흥얼 대걸레를 밀줄 알아야 한다
등에도 아침마다 노래 부른다
하늘 높은 곳에서는 주님께 영광
땅에서는 사람에게 평화
저혈압과 고혈압 사이 심장병과 고지혈증 약을 먹으며
밤에도 잠들지 못하고 뒤척이는 사람을 위해

(2017.6.24.)

됐다

너무 잘 하지 마라
적당히 하고 쉬어라

잘 하면 잘 할수록
못 하는 사람 힘들다

별 따는 사다리보다
누운 사다리가 좋다

누워서 받아들이는 웅덩이를 봐라
하늘도 구름도 돌아온다

풀들은 안다
오래 바람에 누웠으므로

귓가에
풀벌레가 현을 켜게 하라

너무 잘 하지 마라

그만 하면 됐다

(2017.6.27.)

기득권

아무도 기득권을 포기할 수 없다
개도 목걸이를 벗지 못한다
숟가락 하나 던지지 못한다
졸업장을 찢지도 자격증을 버리지도
사표를 던지지도
통장 보고 이자를 계산하고
집을 박차고 나오지 못한다
무엇이든 가진 채 이득을 보면
그것이 기득권이지만
이름 석 자와 자식이라는 이름도
남자도 이미 기득권이지만
무엇보다 인간!
인간으로 태어난 것이 기득권이다
개에 대해 돼지에 대해 닭에 대해
나무에 대해 풀에 대해 땅에 대해
강물에 대해 바다에 대해 하늘에 대해
마음껏 모독한다 인간이기에
인간을 포기할 정도의 각오가 아니면
누구도 기득권을 놓지 못한다

누구도 진실할 수 없다

정의로울 수 없다

패배하지 않으면 포기하지 않으면

낙타는 무릎을 꿇어도 낙타고

사자는 엎드려도 사자고

인간은 누워도 인간이다

아가야 일어나는 아가야

너의 순진무구는 자유가 아니다

기득권을 쥐는 한

포기할 때까지 인간은 인간이 아니다

(2017.6.30.)

하느님의 나라

위대한 민족의 위대한 업적일까?
600만 홀로코스트의 희생을 겪고도
2천년 디아스포라를 끝내고
자기 나라를 세운 민족

500만 팔레스타인인과 그 나라를
게토처럼 아우슈비츠처럼
높이 9미터 700킬로미터의 콘크리트 분리장벽
세계에서 제일 큰 감옥에 가둔 이스라엘이
야훼가 선택한 민족일까

인디언을 사냥하고
보호구역에 가두어 멸종시키고
흑인을 사냥하고 농장에 가두고 짐승의 노역을 시키고
민주주의를 수호한다며 세계적 경찰국가가 된 미국이
전쟁으로 캘리포니아와 텍사스를 빼앗고
높이 9미터 3000킬로미터의 국경장벽으로 멕시코를 다시 가
두는 미국이
하느님이 함께 하는 국가일까

저 콘크리트로 집을 짓는다면
저 콘크리트로 병원을 짓고
학교를 짓고 도서관을 짓는다면
열방의 민족이 모여 찬양할 텐데
하느님과 그 나라를 찬양할 텐데

짱돌을 던지는 팔레스타인 소년에게
이유를 묻지 않고
총을 쏘는 이스라엘
폭탄을 짊어지고 돌진하는 이슬람 청년에게
이유를 묻지 않고 미사일을 발사하는 미국

악은 평범하고 역사는 반복된다
무지와 망각의 아스팔트 위에
생각 없는 콘크리트 위에
폭탄은 만발한다

(2017.7.1.)

배

샴페인이 터졌다
배가 바다에 들었다
사람들이 환호했다
여기 아닌 그곳으로!
수평선 가득 갈매기가 넘실댔다

오후가 되자 갑판 위에서
웅성거림이 시작됐다
도대체 이 배는 어디로 간단 말인가
바람조차 잠든 다도해
섬과 섬 사이 배가 떠 있었다
밤섬도 솔섬도 아니었다
가야할 곳을 아는 사람이 아무도 없었다
배는 배일뿐이었다

저녁이 되어 첫 항구에 도착했을 때
절반이 내렸다

이튿날 배가 출발 했을 때

사람들이 다시 갑판에 모였다
저마다 가야할 섬을 말했지만
가야할 섬을 찾지 못했다

저녁이 되어 둘째 항구에 도착했을 때
다시 절반이 내렸다

이튿날 배가 출발했을 때
사람들이 다시 갑판에 모였다
저마다 가고 싶은 섬을 말했지만
가야할 섬을 찾지 못했다

저녁이 되어 셋째 항구에 도착했을 때
다시 절반이 내렸다

이튿날 배가 출발했을 때
사람들은
난간에 기대어 수평선만 바라봤다

저녁이 되어 넷째 항구에 도착하자
모두 내렸다

이튿날 배가 출발했다

텅 빈 채
빈 섬을 향해

아침 해가 힘차게 떠오르고 있었다

(2018.4.7.)

개는 개를 사랑한다

개는 개처럼 살아야 한다
짖고 물어뜯고
흘레붙어야 한다
달리고 싶을 때 어디든 맘껏 달려야 한다
그것이 개의 자유다

황금 동상 발부리에 똥을 싸고
궁전 벽에 오줌을 뿌려야 한다
개 같은 날과
개똥같은 세월에 대해
개처럼 저항해야 한다

자유란 그런 것이다
개가 개가 되어야 할 어떤 이유도 없다
개가 개이기 때문에
개는 짖어야 한다

(2018.5.26.)

여행안내서

가령
집 떠난 당신이 아무리 트레킹을 해도
당신은 제자리다
어린왕자가 황혼을 위해 의자를 옮기듯
론니 플래닛 따라 올레길 따라
트레킹화 수십 켤레를 갈아치워도
당신은 그 게스트하우스에 도착할 뿐이다
황혼에 잠시 취할 뿐이다 저녁의
맥주와 파스타로 낭만을 적실 뿐이다
이국의 연인과 잠자리를 나누고
행성 어느 귀퉁이에 당신의 게스트하우스를 차리더라도
여행은 끝나지 않는다 저녁이면 외로움처럼
어둠이 몰려올 것이다

당신은 고작 소파를 뭉개며
내 방 안내서를 따라가며 킬킬거린다
베를린이나 뉴욕이나 파리에서
내 방 내 집 내 골목을 발견한다
내 방 내 집 내 골목 한 번도 떠나보지 못한

그 여자 그 남자를 발견한다
그래서는
최초의 달나라 발자국처럼 첫발을
내디딜 수 없다
내 방 내 집 내 골목 밖을
빠삐용처럼 뛰어내릴 수 없다

하지만 당신이 마음의
신발 끈을 매고 눈길의 순례를 떠나면
내 방은 세렝게티가 된다
책상을 횡단하는 개미가 사하라를 건너고
스탠드에 매달려 거미는 아이거북벽을 오른다
무의미한 세상에도 무의미한 것이 없다
정류장의 껌딱지도 골목 구석에 버려진 곰인형도
폭염에 뒹구는 플라타너스 잎도 의미심장하다
모든 것이 두근거리기 시작한다
아무것도 아닌 것이 모든 것이다
그리하여 당신의 보행이 당신의 길이 되고
당신의 길이 당신의 지도가 되고
세상에 없는 진짜 세상이 태어난다

당신은 비로소 도착한다
일찍이 있어보지 않은 세상

유토피아로 불렸던 세상 밖의 세상
무릉도원으로 불렸던 당신의 세상에

(2018.7.29.)

꽃

싸우고
엉망인
바보 같은 너희들

얼마나 아름다운가

내뱉는 욕
발길질 주먹질
그리고 악

그것이
꽃!

(2018.9.1.)

잡놈

잡초가 있듯 잡놈이 있다

회장도 아니고 학장도 아니고
의사도 아니고 판사도 아니다
이렇다 할 학력도 저렇다 할 직업도 주변머리도 없다

하지만
서리에 꿋꿋하고
햇살에 꼿꼿한 잡초 같은 놈이 있다

갈라진 벽 틈에
밭둑에 공사장에 들판에
질기게 사는 잡초 같은 놈이 있다

산에 갔더니 산이 말했다
가려거든 돌길을 가라
걸음걸음 부르트며 걸어라

바다에 갔더니 바다가 말했다

머물려거든 모래알이 되어라
파도에 씻기고 어둠에 묻혀 뒹굴어라

사람이 되려거든 잡놈이 되어라

(2018.10.12.)

작별

글쎄요 꽃은 피고 우리는 죽지요

그대여
찬 이슬에 국화가 피고
이슬이 마를 무렵 들판엔 억새가 하얗습니다
세어버린 머리칼로 저는 벗들을 생각합니다

우리들은 모두 그립고 뜨거웠습니다
무엇인가 되고 싶었습니다
꽃들이 그렇게 빨리 져버릴 것을 알지 못했습니다

꽃피고 싶지만 꽃 필 수 없는 사람은
한 다발의 꽃을 사고
꽃피고 싶어 열심인 사람은
한 다발의 꽃이 되겠지요

그대여
슬퍼하기에 우리 삶은 너무나 짧습니다
햇살이 이리 따사롭고

눈부십니다

그러니까요
꽃은 피고 우리는 죽으니까요

(2018.10.21.)

내일은 없다

햇살은 후퇴를 모른다
매순간 백병전이다 아무도 살아남지 못한다

후회한다
태어난 것을 너를 만난 것을
떠나지 못한 것을 떠난 것을

연민한다
외롭게 서럽게 겨우겨우 살아가는 것들을

사랑한다
자신을 그리고 연대를

어느 곳이든 두 번 다시 돌아가 본 적 없다
돌아갈 수 없다

시간의 시간은 지금이고
시간은 지금의 지속이다

죽이든 밥이든 밥이다
아침의 숟가락에 해를 담아 외친다

오늘 뿐이다

청동빛 어둠을 뚫고
기러기가 끼룩끼룩 난다

(2018.10.25.)

아름답지 않은가

가을바람에 떨어진 낙엽과
삭정이 위로
백합나무 씨앗 한 움큼이 겨울 하늘로
날아 흩어진다
흩어진다는 것은 아름답지 않은가

갈비뼈의 통증을 비집고 나오는 신음으로
수많은 말을 하고 싶어도 한마디 할 수 없어
다시 가슴에 묻은
그 말이 눈물로 영그는 밤은 아름답지 않은가

욕하고 상처를 건드리고
치고 박차고 나간 아이가
지쳐 잠든 뒤
적막이 감싸는 밤은 아름답지 않은가

얼마나 아름다운가
우리는 우리의 못난 가슴은
울음으로 망가진 얼굴은

터져 나오는 탄식은

그날은 오지 않을 것이다
하지만 우리는 기다린다 그날을
아름답지 않은가
바보 같은 우리들의 사랑은

(2018.11.14.)

천국은 지옥 속에

아무 때나 찾아오는 의문처럼
천국은 지옥 속에 있는 것이 아닐까

어릴 적 엄마를 따라
경동시장을 가곤 했다
사람들 외치는 소리 경적소리
인파 속
나는 정적이 신기했다

날마다 삶은 버라이어티하여
악쓰고 떼쓰고 달아나고
맘대로 말하고 행동하고
아무것도 하지 않는다
정말 위독하거나 미숙하다 그러나
난장판이고 눈물범벅인 그 속에서 문득 희열이 피어오른다
마조히즘의 사랑처럼

울돌목 앞바다
물살이 죽음의 아가리를 벌리고

백 척의 적함이 쳐들어오는 앞에서
이순신은 미소를 지었을 것이다

어쩌면 천국은 지옥 속에 있는 것이 아닐까
연꽃처럼

(2018.11.16.)

역사

역사는 화려하지 않다
화려한 역사는 거짓이다
피라미드는 평등을 모르고
만리장성은 평화를 모른다
자유의 여신상은 눈물을 흘리지 않는다
아지랑이 춤추는 신기루다
그보다
역사는 고통이다 절망이다
희망의 은닉이다

반만년 역사가 영광일 리 없다
광화문 높은 담도 반성을 모른다
그보다
저 산 저 강 저 골짝
어디나 숨어 있는 주검에 그늘 드리운
짙푸른 수풀이 진실이다
수치가 역사고 원한이 역사고
망각이 역사다

아직 써지지 않은
고통을 잊지 말자
성도 이름도 없는
수많은 사람들의
이슬같이 사라져간
탄식 그리고 외침을
초록 아래 우거진 풀잎의 그늘
그것이 바로 역사다

(2018.11.28.)

어른이 되는 아이에게 1

어른이 된다는 것은
사랑할 나이가 된다는 것이다
사랑을 한다는 것은 고통받는 것이다

가슴을 앓고
때론 통곡할 준비가 되었다는 말이다

다정하지 않은 거리를 지나
버려진 밤에도
혼자 그림 그릴 줄 안다는 말이다

기다리는 날들을
빨고 설거지하고
다시 꽃을 심고 잡초를 뽑고도 어찌할 수 없을 때
편지를 쓴다는 말이다

고통에서 희미한 기쁨을 찾고
패배 속에 또렷한 의미를
발견할 수 있다는 말이다

그리하여

어른이 된다는 것은

기꺼이 울 수 있다는 말이다

내가 아닌 너를 사랑할 수 있다는 말이다

(2018.11.29.)

어른이 되는 아이에게 2
―생활을 사랑하라

그대 슬프거든 일어나
바닥을 쓸고 닦고
책을 다시 꽂아라
빨래를 하고 개고 서랍에 넣어라
창문을 열라 바람을 위해
햇살을 위해
생활을 사랑하라
밥숟가락을 들며 눈으로 보고 있음을
사랑하라 설거지를 하며
물소리를 듣고 차가움을 느껴라
손가락으로 물을 갈라라
튀기는 물방울에 젖어라
감각을 감사하라
이 모든 삶의 의례에 정성을 다하라
사랑받지 못한 생활이었거든
이제 사랑하라
삼천 원짜리 화분을 사라
물을 주고 햇볕을 주라

삼천 원짜리 화분을 벗에게 선물하라
누구에게나 꼭 필요한 것
생활은 심고 키우고 가꾸는 것
그래서 꽃 피는 것
웃음이 없거든 웃음을 심고
그리움이 일렁이거든 그리움 속에
웃음을 길러라 슬픔이라고 아니겠는가
슬픔 속에 웃음을 가꿔라
생활을 사랑하라
사소하고 사소한 그대의 삶에
일렁이는 것들을

(2018.4.4.)

어른이 되는 아이에게 3
—네가 시다

나쁜 것은 없다
비둘기는 더럽지 않다
흙은 더럽지 않다
벌레도 똥도 더럽지 않다

도둑이 재벌보다 잘못을 저지르진 않는다
학생이 선생보다 모르는 게 아니다

미운 것도 없다
못생긴 것도 없다
제 모양 제 소리
제 나름대로 사는 거다
침묵도 악도 절창이다

숲으로 가라 나쁘고 못난 걸 찾아봐라
나쁜 건 사람이 나쁘다
못난 건 사람이 못났다

거울은 제 얼굴 제 눈의 티를 보라고 있는 것이다
부끄러우라고 보는 것이다

미운 것도 없다
욕하고 깽판 부려도 미워할 수 없다
속상해도 어쩔 수 없다
나쁜 게 없으니 어쩌겠는가

선도 없고 악도 없다
천사가 있고 악마가 있다면
사람이 천사고 사람이 악마다
신도 사람만큼 악하다

날마다 아침이다
좀 추우면 어떤가
손바닥 싹싹 비비며 나서면 된다
나쁠 것도 서러울 것도 없다
고양이도 때론 꽃을 먹는다
좋다 다 좋다 제일 좋다

시 아닌 것도 없다
아무리 시시해도 시다
네가 시다   (2018.4.8.)

어른이 되는 아이에게 4
—지는 법

형이 힘이 약했던 건 아니다
길길이 날뛰는 내가 불쌍했던 거다
아이에게 모르고 속는 것이 아니다
모르는 척 해주는 것이다

사람들은 전철역에서 경쟁하며 걷는다
그래도 보통이 든 할머니를 위해 멈추는 사람이 있다
때로는 질문하기 위해 멈추는 사람이 있다
죽음을 자각한 듯

해가 지는 건 아니지만 해가 지고
바람이 자는 건 아니지만 바람이 잔다
떠나도 떠나지 않는 것처럼
만나도 만나지 못한다

오늘 하루
누구에게 질까
풀에게 아이에게 햇살에게 벌레에게

또 이슬에게
누구에게 질까

(2018.5.2.)

어른이 되는 아이에게 5
—마찬가지

마찬가지다 꽃이 피는 것이나 별이 피는 것이나
우주가 피는 것이나 마찬가지다
아기가 우는 것이나 빛이 쏟아지는 것이나
빗방울 떨어지는 것이나 네가 오는 것이나
마찬가지다
종이에 동그라미를 그리는 하염없는 손짓이나
무대 위에 춤추는 발레리나나
수면을 차오르는 숭어뜀이나 마찬가지다

강물이 모여 바다에 이르듯
눈물이 모여 떨어지는 것이다
슬픔은 저녁처럼 자욱하고 캄캄하지만
아침처럼 밝아오기도 한다
바람은 산이나 바다에만 부는 게 아니다
귓가에 스치고 눈가에 스친다
따뜻한 말 한 마디
미소 한 조각이 왜 바람이 아니겠는가

마찬가지다
바닥을 기고 벽을 오르는 개미와
흔들리는 이파리와
한 줄 한 줄 글을 써나가는 일이나
길고 긴 밭이랑을 매어가는 일이나 마찬가지다
허리 한번 펼 때 비로소 하늘이 보인다
애썼다 모두 애쓰며 살고 있다
나만 혼자 외로웠던 게 아니다
세상 모두가 우주의 한 통 속에 들어와
봄 여름 가을 겨울 없이 피어나고 있는 것이다
마찬가지다

(2018.5.27.)

어른이 되는 아이에게 6
―앞으로 간다

뒤로 가도 앞으로 간다
되돌아가도 앞으로 간다
후퇴도 패배도 앞으로 가는 거다

폭포를 뛰어오르는 연어처럼
폭풍을 뚫고 오는 구조대원처럼
살아간다는 건 돌이킬 수 없이 가는 길이다

꿈속에 죽은 이들을 만나도
불행의 늪에 허우적거려도
앞으로 가는 거다

돌아갈 수 없는 초침처럼
안개 속에서 앞으로 앞으로
엇 둘 엇 둘 힘차게

(2018.5.28.)

어른이 되는 아이에게 7
—실패한 교사

나는 실패만 해왔다

사람들이 물었다
도대체 너의 가르침이 아이들을 변하게 했냐고
나는 답했다
변하게 하지 않았다
나의 무기력이 나의 방식이다

나는 교사가 결코 아니다 그보다
아직 한 번도 사람이 되어본 적 없다
교사자격증 따위는 믿지 않는다

거짓 자격증에 거짓말을 외치는 사람이
어떻게 교사일 수 있겠는가
시장의 떨이장수가 더 정직하게 외친다

하지만 내가 그렇듯 아이들도
언젠가는 자기밖에 없다는 것을 알리라

바람의 노래를 듣고 햇살의 미소를 보리라

외로울 때 사람이 된다
패배할 때 사람이 된다
더 외롭고 더 패배해야 한다
왜 앞으로만 가야한단 말인가

언젠가 오고야 말 그 어느 날을
의심하진 않는다

만인을 위한 교육은 없다
단 한 사람을 위한 교육이 있을 뿐이다

그것은 불가능하다
사람들은 고개를 저으며 떠나갔다

(2018.11.17.)

사랑

사랑은 슬픈 것이다
가슴에 구멍이 나야 비로소 사랑이다
밤이 오면 어둠 속에
사람들이 별처럼 흩어져 그리워한다

태초에 우주의 모든 것은 흩어질 운명으로 태어났다
그래서 사랑은 과격하다
사과가 지구에 떨어지는 것도
내가 너를 사랑하는 것도 만유인력 때문이다

수조의 세포가 모여 내 몸을 이루고
장엄하게 심장이 뛴다
우주는 아직도 파도친다
나무도 풀도 별처럼 흔들린다

짐승을 죽이고 음식을 먹는 것도
사랑 때문이다
웅녀와 결혼한 환웅은
곰을 잡아먹어 곰과 하나가 된 선조의 슬픈 사랑이다

먹는 것이 사랑이다

사람은 사랑하기로 태어나지만
어둠을 막을 길도 없다
다만 등 밝힌 채 기다린다
날이 밝으면
너를 찾아갈 것이다

(2019.1.12.)

한 계절 뒤에 오는 반가운 안부

흐린 겨울, 우리는 염전을 찾았습니다. 바닷물은 이미 봄을 기다리고 있었고 소금은 내일의 약속을 나누면서 침묵을 지키고 있었습니다. "아직" 오지 않거나 보이지 않은 것들을 만나기 위해서는 기다림이 필요하다는 것을 새삼스레 다시 알게 되었습니다. 오랜 벗인 멩이(시인의 별명)는 마음 밭에 천천히 자라나는 여린 언어들을 키웠습니다.

첫 시집 『돌멩이도 따스하다』(모시는사람들, 2013) 이후 느린 보폭으로 시간의 풍경을 에둘러 새로 깃들어 살아낼 곳을 찾아다녔습니다. "술에 절은 할아버지도 작은 아버지도 역사라는 말을 몰"라 부끄러웠던 1990년 충남집을 떠나온 이후 "새와 바람 손님 맞고 계절의 편지를 받"을 수 있는 주소를 찾아 떠돌았습니다. 여전히 "1인치의 희망이 1밀리씩 닳아 피곤이 되고 절망이 되어 뒤뚱거"리며 "어느 일요일 호박 부침개를 함께 해 먹"을 수 있는 거처에 도착하기 위해 헤매고 있습니다.

그의 마음이 기우는 곳은 "미운 것도 없고, 못생긴 것도 없고, 제 모양 제 소리 제 나름대로 사는" 가장자리입니다. 그곳에 "갈대밭 농게에게도 있는 그것", "10평 삼 칸 집"을 짓고 그리운 벗들을 초대하여 오래 살갑게 살아가기를 기도합니다. 햇볕이 나른하게 퍼지는 낮은 담장을 둘러 세워 그 아래 찬란하게 꽃을 피우고 팔랑팔랑 나비를 부르고, 달빛이 은근하게 가득 채운 마당에는 파릇파릇 푸성귀를 키우고 아궁이와 부뚜막을 만들어 따스한 밥상을 차리고, 바람이 드나드는 넓은 창문을 내어 새와 노래를 하고 별을 품은 시를 쓰며 지낼 수 있었으면 합니다.

그 집에 "어른이 되는 아이"들을 초대하여 연약하고 아름다운 것들에 대하여 이야기를 나누면 좋겠습니다. 무심코 걸리는 모서리에 대해, 혹은 고통스럽고 부끄러운 말들에 대해, 가난에 대해, 지는 법에 대해 이야기를 나누다 불현듯 눈물을 흘리기를 바랍니다. "저마다 자기의 시간을 살"아가는 나무와 "모든 것 비운 자리"에 대해, "누워서 받아들이는 물"과 땅과 바람을 껴안고 하나가 되는 풀잎과 이슬에 대해 그리고 내일과 사랑에 대해 서로 기대어 작게 속삭이기를 바랍니다. 그래서 그 10평 삼 칸 집이 멩이 혼자 아늑해지는 게 아니라 찾아오는 발걸음으로 소란해지기를 기대합니다.

사실 오래전 멩이가 함께 일하던 학교를 떠난 후 이미 집이 생겼다고 생각했습니다. 어느 날에는 내성천에, 또 다른 계절에는 천성산에, 세월이 흘러 강진만에 흘러와 머물고 있었습니다. 무언가를 들여와 품는 것이 집이고 마음이라면 그의 사랑이 깃들어 살아가는 천성산이 집이었고 강진 갯벌이 집이었습니다. 모든 생명을 살피고 서로 의지하는 연약함이 바로 멩이의 집이고 아름다운 존재들을 향한 사랑하는 마음이 집이 될 것입니다. 이 정처에 대한 그리움과 애틋함을 표현한 것이 바로 이 시집이 된 것이라 믿습니다.

이 시집은 「어찌할 수 없는 기도」에서 시작해서 「사랑」으로 끝납니다. "속절없는 길이라고 여기며" "사랑"할 수밖에 없는 한 사람의 기도가 담겨 있습니다. 작고 연한 생명들에게, 약하고 외로운 이들에게 다정한 품을 내어 주고 싶은 마음을 고백하고 있습니다. 이제야 멩이 또한 아름다운 것들에게 패배한 외로운 한 사람이었음을, 그리운 것들로 가득 채운 밥 한 공기였다는 것을 알게 되었습니다. 그 따스한 온기가 한 이틀 후나 한 계절 바뀐 뒤에나 도착한 것 같습니다. 이 글은 뒤늦게 반갑게 도착한 다정한 편지에 대한 답장입니다.

곧 봄이 오고 꽃이 피고 내일이 올 것입니다. 멩이는 다시 "날 밝으면 너를 찾아갈 것"입니다. 그렇게 "날마다 아침이" 될 것이고 "시 아닌 것도 없"다고, 그래서 "네가 시"라고 속삭일 것입니다. 그리하여 바야흐로 연약하고 그리운 것들을 살피고 가난하고 외로운 마음들을 찾아 품어주기를 또다시 기다립니다.

오랜 벗 최경미로부터

네가 시다

등록 1994.7.1 제1-1071
1쇄 발행 2020년 7월 15일

지은이   심규한
펴낸이   박길수
편집장   소경희
편   집   조영준
관   리   위현정
디자인   이주향
표지디자인 이건
펴낸곳   도서출판 모시는사람들
        03147 서울시 종로구 삼일대로 457(경운동 수운회관) 1207호
전   화   02-735-7173, 02-737-7173 / 팩스 02-730-7173
홈페이지 http://www.mosinsaram.com/

인   쇄   (주)성광인쇄(031-942-4814)
배   본   문화유통북스(031-937-6100)

값은 뒤표지에 있습니다.
ISBN 979-11-88765-88-1   03810

이 도서의 국립중앙도서관 출판예정도서목록(CIP)은 서지정보유통지원시스
템 홈페이지(http://seoji.nl.go.kr)와 국가자료공동목록시스템(http://www.
nl.go.kr/kolisnet)에서 이용하실 수 있습니다.(CIP제어번호: CIP2020023787)